回身映景

季閒詩集

目次

輯四：我泊在輕煙之間，讀妳
　　　濛濛的臉

輯五：鏡裡的潮聲比寂寞更喧囂

葉莎 序　詩的點線面

　　季閒託我寫這本《回身啄影》詩集的序時，正是我在閱讀康丁斯基《點線面》的時候，書中提到「藝術品如一面鏡子，映照我們的意識表面，當感覺隱退，畫面也消失，而世間萬象都可以從內外兩方面去體驗。」，寫詩也是一種點線面的延伸，自極微至巨大，自極近到極遠，自極假到極真，詩是有意識或無意識的自由游動，意象運用端乎於心，心自由文字則奔放，心被束縛文字則被綑綁。

　　就以季閒這本詩集裡的幾首短詩淺談詩的點線面，例如

【來回】

閉眼聽濤
一個好大的虛空
忽地罩了下來
睜眼　卻見滿江漁火

　　這首詩以閉眼聽濤為起點，視覺關上，聽覺卻打開，進入一個虛空的畫面而這畫面無限大，就這樣罩下來，讓人聯想到念佛打印時，雙手向虛空向上一托，整個大自在王佛就顯現！從閉眼到張眼的時間有多久呢？季閒停留在「睜眼卻見滿江漁火」然後嘎然而止；自虛空到漁火，是一個空到滿

，虛到實的世界，時空在無形之中移轉，文字全不著痕跡。
季閒每天打坐，這首詩鐵定是這樣生出來的（葉莎撚鬚中）

又如在＜初秋＞裡的兩首小詩

【蟬】

蟬　拉長了嗓音
匆匆
叫醒鞦韆
叫醒院子
叫醒午後
叫醒長長夏日
高調　唱生命樂章

【月】

月　行腳於時間
輕輕
滑過千江
滑過樓窗
滑過深院
滑過唐詩宋詞
小聲　說陰晴圓缺

9

　　這兩首小詩有異曲同工之妙，第一首以蟬鳴當起點，延伸到鞦韆、院子、午後，一首詩中的物品、地點、時間都順著蟬聲一一出場，最後停留在長長夏日，說蟬在高調唱生命的樂章，前面都寫實境，而生命的樂章是虛幻的，摸不著的。而【月】這首詩，則以月色為起點，輕輕移動展開線和面，自千江到唐詩宋詞；精彩的在末句「小聲　說陰晴圓缺」季閒寫詩常見這樣的筆法，從生活中尋常景象進入另一種思索，而畫面終止時，有時停留在靜，有時停留在動。

　　這本詩集中也有風格迥異的作品，像＜糾禪不清＞裡面：

　　　啄木鳥　把
　　　貓頭鷹的叫聲
　　　啄瞎了

　　詩句短短三行，地點是森林，時間是夜晚，主角的鳥有兩隻，一隻是啄木鳥一隻是貓頭鷹，都是我鍾愛的鳥兒，鐵定是貓頭鷹叫個不停，啄木鳥啄個不停，誰也不讓誰，若不能正面交手來個你死我活，就啄瞎你的叫聲，這「瞎」字用的極妙，詩人都很阿Q，使用的正是「精神勝利法」的思維邏輯。

　　相較於時下許多新詩寫作者新穎跳躍的作品，季閒的詩蘊藏更多深厚的國學基礎，詩句中感官時常迅速游移，點線

面的安排巧妙而明確，最後卻讓讀者進入一種平和美好的境界，以為回到某個昇平盛世，放眼盡是清風明月，或是柳暗花明峰迴路轉，眼前又是旅路蒼茫的孤寂感。季閒個性憨厚而幽默，有時又十分靦腆，耕耘十年，他的第一本詩集終於要隆重推出了，衷心期盼讀者透過這本詩集，認識季閒，走進季閒的詩視界！

自序

　　從高中第一篇投稿學生刊物的小詩算起，學習與創作現代詩已經四十年，這本詩集的完成對於自己而言，只是人生中的一個紀念，卻是我對長期以來，支持與鼓勵我現代詩創作之詩友們的一種責任。

　　2004 年開始，以季閒等筆名在網路上發表作品，2005 年與葉莎等幾位詩友於網路創立「季之莎影像文學小棧」推行影像寫詩，2014 年因緣際會移至臉書「季之莎詩寫映像小棧」，及至 2016 年三月再與葉莎及雪赫共同發行《新詩報》電子周刊推展親民好詩，匆匆又已超過了十年。

　　回顧這十多年來的作品，大部份是在他鄉客舍的斗室孤燈下，伴著一牆書籍與窗外風雨星月，胡思異想寫出來的，這本詩集依照詩作的主要表達內容分為五個單元，然而寫作之際不免念頭紛陳，故而各單元內之作品無法避免與其他單元的內容有所牽扯。

輯一：＜我用雙槳把黃昏划給黑夜＞裡收錄了獨自漂泊他鄉時，所接觸到的人及事引發的人生體悟。

輯二：＜一枚落日在鷹眼內等待＞這單元是有關哲理禪思的一些想法。

輯三：＜煮一壺茶能融掉多少雪＞主要是對於歲月流逝的感懷。

輯四：＜我泊在輕煙之間，讀妳濛濛的臉＞收錄的是我的情
　　　思和類情詩。

輯五：＜鏡裡的潮聲比寂寞更喧囂＞是有關詩人，詩想與幾
　　　篇散文詩和隱題詩的習作。

　　個人認為現代詩之創作，雖然不一定要「詩以載道」但
亦須宏觀，詩作必須納入人生體悟、生活經驗、社會關懷等
意涵，才不會自陷於只是情緒發洩式，喃喃自語的囈語詩。
此外現代詩雖然講究創新，卻不應流於冷僻拗口字的堆疊，
也不應該只為了展現詩句的新奇與陌生感，硬把吸睛巧句雜
湊成篇，讓人讀起來有無厘頭的感覺，淪為語焉不詳的謎語
詩；寫者必須有能力精準駕馭自己的文字，一首好的詩作必
須讓讀者對詩的原意心有戚戚焉。

　　由於深受王國維《人間詞話》的影響，加上專業領域裡
「傳統園林」的詩情畫意訓練，「境界、格局，美學」是我
現代詩創作的三主軸。「經典」則是追求的目標；園林設計
的「借景」運用於詩創作恰似「用典」，景石和植物的選用
則是詩裡的象徵與譬喻的手法，而「曲折盡緻，眼前對景」
相當於寫詩時的節奏安排，而山水畫中的留白與隱約，正是
讓詩情能「意在言外」的韻味展現。

　　這本詩集所選錄的詩作，並非全是我最近的創作，卻
能表達我這十幾年來的各階段中，對人生、社會與禪學和
哲理上的認知與體悟。

回身喽影　季閒詩集

　　感謝詩友葉莎提供她詩集的出版經驗，並在百忙中抽空
為這本詩集寫序，也要感謝王婷和陳靜宜兩位詩友，辛苦校
對和在編輯上的協助，讓這本詩集得以順利完成。

　　更要感謝長期以來在網路上，鼓勵我的眾多詩友與讀者
們，你們的支持與鼓勵是我推出這本詩集的最大動力。

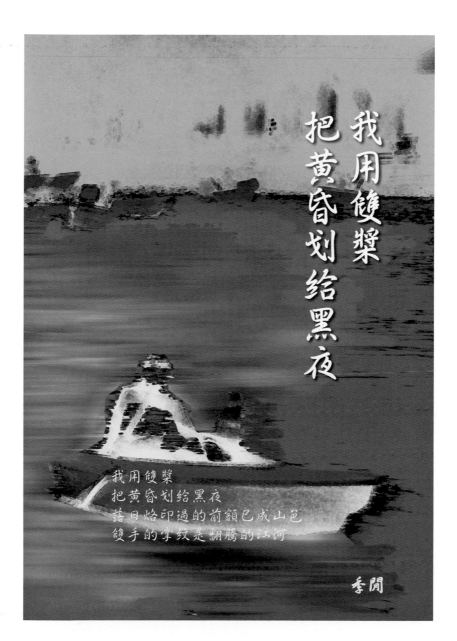

我用雙槳
把黃昏划給黑夜
落日焰印過的前額已成山色
雙手的掌紋是翻騰的江河

季閒

夢境之邊

我用雙槳
把黃昏划給黑夜
落日烙印過的前額已成山色
雙手的掌紋是翻騰的江河
槳斷前，我已是水鬼
把名字還給
黃土路邊的墓碑
昏茫暮色裡我又是唯一的雁
划過晚霧只為
給妳看一抹漸行漸遠的影子，以茲證明
黑影最自在之處是
夜色

旅者

行過千水之後終於發現
此岸亦如彼岸
只是有些南腔北調，但
幾斤白酒就會把嗓門
惹得一樣高亢

高亢的還有被月亮
挑起的漲潮

妳說　心是漂流的船
而　兩岸猿聲
也是一樣地高亢啊！

最為吵雜地
是那些隔水的燈火
絮絮不休
如我此起彼落的念頭
卻
聽不清楚在說些甚麼

中秋已過

於是，月亮就那麼沉沉地
過了我的窗
更早一點是一個旅人
在黃葉地裡拉著他的影子
走進血色的夕陽

桂花與菊花不再激辯
野徑並無瘦馬
西風卻是惦掛著
去年已經有點窄的棉衣

一些念頭升起
如　　剛泡開的茶葉
而後　　又落下如九月的殘荷
遠山真的遠了，暮靄中
浮雲又飛得太高
慌忙中找不到一支筆來臨摹
歸雁的姿勢
卻握住一管久未吹響的
笛

行吟 01

繫，未必是停步
繫住待奔的心念再等一次驚蟄
驚蟄無須等到三月
拍落飄在詩上的雪花，便有
幾枚輕雷

偶而擦拭尚未刻上名字的墓碑
想想　什麼是留白，什麼是腐朽
什麼是雕像的虛張聲勢
日落後　群鴿便急飛而去

走，也未必是離開
離開，也不過是換了間旅店，換了扇窗
卻換不了夕陽，換不了
沖杯茶看他幾片浮沉的習慣

行吟 02

浪的形狀是詩的心情
詩騎在浪上說岸的寂寞
被磊磊的卵石讀懂了
一隻初來乍到的混血犬正在
挖掘林投樹下埋藏的秘密

老邁的燈塔已經記不住
那些日子，那些帆　離去的角度
海鷗與潮汐都向聖嬰靠攏
唯地平線始終閉嘴

漂流瓶的瓶口碎裂
那些字成了故事的碎屑
缺字的詩脫下有補丁的外衣
在潮間帶清洗

一隻經過的招潮蟹
看了幾眼
歪歪斜斜補幾個字，走了

行吟 03

千畝蘆花揮手　送誰？
一江流水沉吟過幾道橋拱？
晚鐘依然蒼老，我卻失去負手迎風的優雅
遺落的豈是幾隻草鞋而已

鞋聲往句點走去
把濃稠的夜晚都摺疊到背包裡
畫一根火柴點亮蒼茫
讓蒼茫朦朧一些鹽味的想念

那日我把影子掛在牆角
下午茶是自備的ＮＧ詩句
韻腳有分叉的背影

行吟 04

說書人走進自己的響板聲裡
沒飲盡的那杯酒，冷了

詩的風雪從心情吹來
誰在風雪裡趕路？
說到雪
我喜歡微糖微冰　不加奶的冷意

而　詩裡的風來自海
有淡淡的藍　一襲藍衫的飄逸
飄渺如一首歌船

深情湧自海的藍，泡沫在灘岸
掌燈人隱入燈光裡

佇立在詩的最朦朧那一句
我是燈塔　我是漁火，我也是
千帆尋岸的眼睛

行吟 05

說到季節
牆邊那朵小黃菊突然掩面而泣
一首詩掉落了幾個主詞
竟是殘缺地如此美
如果我纖瘦得像一首貧血小詩
如何能讓風展讀我的裸身

仰首，星冷月沉
夜空有我們一齊數過的星河
午間畫傷我眼睛的那片落葉
已經被月光埋葬

把曠野吐納在眼　在耳　在
無法割捨的鼻舌身意
也許下個輪迴我會是一株樹
裸身在四季中　迎風
搖擺

行吟 06

與蒼茫對視
虛無中有喧嘩也有寂靜
曠野的樹用影子掘地尋根
夕日燒天
我從灰燼走入獸的語言

有人用祭典引火
自焚靈魂以淬鍊詩句

清吟從隔世傳來，吟
蘆花的白　秋風中的衣袂
吟妳
秀髮欲墜的雨滴

而後
鞋聲與鐘聲作揖而去
各自拖著清瘦的影

行吟 07

妳，眼波如浪
牽引我到月光滿溢的海灘
我翻開一顆安靜貝殼
把潮音裝滿

妳用各種唇型
吞吐我裸露的滄桑
我們獻出彼此　在天地間造浪
起落　翻滾
湧上詩的顛峰
並以天狼星的高音呼喊彼此的小名
讓一首詩洄游
在另一首詩的深處

我奮力拍打祭典鼓聲
妳扭擺如狂舞的青蛇
我們同時舉火把時間燒紅
直到季風停息
候鳥疲倦睡去
我的靈魂有妳　用十指
深深抓出的經緯度

行吟 08

濤聲又來拐帶沙灘上的腳印
高跟鞋卻還站在礁岩上　眺望
漸退漸遠的浪
更遠處的海平線上有帆影
駛著語意不明的虛詞
搖晃

魚群游進歲月　又從歲月游了過來
我在迂迴處等待一首詩的嫵媚
若是，墜落的月光已被別人讀走
我會撒佈一片黑等待
如同玻璃瓶對漂流木
千年的等待

被捶打的文字無一喊痛
夢與失眠都在湛藍裡浮游
韻尾擱淺在自己的岸
嶙峋的詩質像白化的珊瑚，篩落
沉澱的夕照

岸邊聽濤，很難不站成燈塔的樣子
濤聲在細小的沙前面，縮成泡沫

行吟 09

鐘聲遁入夕陽
山門緊閉
一縷月光跌碎大地的寂靜
群山嘩嘩然

誰在墓碑上雕琢自己的名字
那個
曾經想以一首詩
垂釣荒蕪的人

披上月光的山芒
妖異，如閃過眼角的一襲白衣
石階上的腳印剛好是
仰天一嘆的深淺

星子們的唇語，磷火般地忙碌著
夜霧
向掉落的松果問路，而
緊閉的山門內 ....
一隻蜘蛛正編織著
八方離去的
念頭

行吟 10

穿過生命裡的霧，循
一絲花香線索回到逐漸隱喻的
水聲，在歧異的詞語前
毫不猶疑地分合，而我回來
卻是一百年後

我們無法踩過自己的影子
撈不起水中的臉
卻能把天涯塞進被半截秋意
滄桑了的詩裡，遠山
就更遠了

那些草　那些鳥
那些鳥　那些草
紛亂了又如何？　飛了　燒了
又如何？
進出風景，總不免和誰
互揖
作別　在句點
拐個彎卻又

跟蹌在悸動埋伏　街角的
一次邂逅

「妳，一行不必再琢磨的句子
　怎麼就走進我的詩裡了」

對岸一株白楊
優雅地歇在午後的鳥聲中
篩落的陽光和青苔，共同
在溪石上作畫
畫過一季　一年　一幅
生命斑斕，閃過
眼角，而
嘴角半張著詠嘆的唇形

鳥啄食著草地上的黃昏
遠山，遠遠地
坐在一百年外靜默
妳說，搖幾下鈴鐺　春天就會走過來
聽見了嗎
心裡那口鐘已低鳴多時

負片效果

未聞鑼聲
便已登上夢的野台
一條鋼索懸在詩與夢之間
讓我們練習平衡
在一些抽象的詞語上
踮著腳尖

平衡桿上吊著　今昔生死
一端蹲著原我，另一端
超我正臨風高歌
未及謝幕就已驚醒在
另一個角落

角落與虛空都在等待
猶如空巷等待足音
墓石等待一個名字
頑石等待足以裂岸的波濤
渡口等待歧異的詞語

我的詩裡有時間的倒影
我的倒影在玻璃上像是赴死的刺客
腳印落地成凋零的葉
來去間總有一雙歇腳的空鞋　　等
在轉場的起點

街之暗語

【黃昏】

異鄉私釀的黃昏
微醺浪子漂泊的心
浪子　是從夢裡寄出的一封
沒寫上地址的信

【街口】

路牌在異鄉的街口　以異腔
的方言迎我
有幾隻候鳥先我而至
喚醒一街燈火

【廟前】

在神與人的交界
兩杯米酒一碗麵湯　就
暖化了異鄉人攜來的
一路風霜

【轉角】

眼光出軌在路標之外
總是期待一個邂逅
在街與街的邊境　該有
一扇飄出笑語和酒香的小窗

【樓窗】

送走風雨　又成了月光的渡口
我尾隨月光在窗下走過
窗內躺著我不曾做過的夢
似曾相識的盆景在窗邊看著我

【月光】

月光比夜行人的腳步還輕
掠過旅店窗口　分送鄉愁
我愛在月光下讀對窗的唇語
分享一帘寂寞

燈塔

我佇立如雕像　端詳你
望盡千帆的孤獨
風中
你是水手唯一的承諾
矗立　如望夫崖上的女子

船歌從海平線上飄來
海鷗去了又回
浪　拍岸　再拍岸
拍響了一些寂寞
這長長的午後　垂釣者
在你身邊酣睡如石

夕陽燒成灰燼之後
掌燈人的故事
將從夜霧中踱步而來

打水飄

隨手撿起一顆小石往水面丟出
一隻蜻蜓從我指間急飛而去
才一涉水，就弄縐自己的影子
也踩破了月亮的鏡子

破裂聲早在億萬年前就已
響起，在　水切割大地成河時
那時水草猶怯生生地
無法扭擺出正確的姿勢
每一株水草卻都是新鮮的詩句

沿著破裂聲前進，我棄鶴
轉乘被我丟出的小石
在水鳥驚恐的撲翅聲裡
奔向　蒼茫的水色
蒼茫，如我昨夜的剩茶
昨夜在各自的燈下，我們
隔著冬意，隔著薄薄的月色對飲
淺嚐共有的一首詩

大度山之墓

如果風，再播一顆種子入土
明年又會萌出春天，但 何時
墓室會再飛出蝴蝶？

亡者，你此時
正在時間中靜坐，還是
仍在時間裡行走？
昨夜
草上的寒露在銀白月光下
閃耀如同天星，如磷火
你的名字卻在墓碑上
靜默

如果，你無法從墓土中
撐起你虛無的臉，請
以白骨疊出密碼
告訴我，夢
是否已被時間蛀空

再過不久就黃昏了
夕陽又將墜落，會淒美得 ....
一如送你前來的嗩吶

而
山坡下已不復有炊煙升起
升起的，是冰冷如墓碑的高樓
天色暗下之後
高樓窗內的燈火，亦將
明　滅
如這裡滿崗的磷火，更像是
夜霧中眨眨的眼眸

筆觸

大廟簷角始終仰望
上個世代的文明
雕神的手已成白骨
廣場上的青石板猶未撫平
被轎班踩出的傷痕
雨，不請自來
我卻猜不透台階邊，青苔
欲蓋彌彰的心事

木椅邊趴著一隻流浪狗
前世的伐木聲　正襟危坐在
木桌的午夢旁
正門上的匾，以廟之名躬著
俯視蒼生的角度
一縷佝僂的影子，正從
遺落的木屐聲中蹣跚走出
穿梭過午後的留白

南風拐過街角
在燈塔的小窗邊呢喃

掌燈人在故事中午睡
每張帆都以夢醒的速度遠去
卵石以沉默回覆濤聲
馬鞍藤的傳說中
有一只玻璃瓶　來了又走

迴游的魚群在三尺浪上
眺望沙灘上曝曬的網
釣桿斜插在時間的邊緣，等待
再一次驚悚的邂逅
寄居蟹還在挖掘
掉落於砂粒中哲理
我把去而復返的鞋聲，埋在
潮間帶

風雪還在趕路

其實等的是一絲冷意
冷意中的留白
留白被掀起的一角
角落的孤影
影子叩問的方向

方向對於窗而言不是唯一的
窗，最具體的涵意是等待
門環等待手的觸碰
眼睛等待不必多言的對視

對視中　風雪消失於眼眸
眼眸漲滿兼程而來的醉意
醉意往離別的方向燒過去
灰燼匍匐成旅者遠去的身影
影子在角落遁入留白
留白　聚冷成意

冷意在微翹的嘴角落款

一枚落日

在鷹眼內等待

自冥想之外　風輕輕
從鷹划出的軌跡中吹來
一枚落日在鷹眼內等待

季閒

等待

自冥想之外　風輕輕
從飛鷹划出的軌跡中吹來
一枚落日在鷹眼內等待

自傳說之外　情依依
在化蝶尋夢的執迷中輪迴
一季春花在群蝶前等待

自闌珊之外　煙淡淡
從雁迴千里的暮色中升起
一盞燈在雁聲停處等待

對坐

誰與山林對坐
隔著雨，看筍尖冒出頭
我路過的心
也沾惹了新綠

誰與燈塔對坐
隔著濤聲，讀洄游的鄉愁
船歌沿著水平線傳唱
岸與風一樣長

誰與寂寞對坐
隔著生死，向自己拱手
幾番雨過花落
月光洗白了山頭

江月

月色跌入水中時
蘆葦聽到了　魚瞧見了
江上的橋只是吶悶著
明明是波瀾不興
為何浪子和詩人的心
卻是驚濤駭浪

此岸與彼岸
隔著江霧對望
那些釣竿以各自的弧度
洩漏垂釣者的心思
而　上弦月只是悠閒划過
以划過我們窗前的
速度

漁火三三兩兩醒著
妝點整江的寂寞，也醒在
一首詩裡
隔著千年和我對望

初秋

【蟬】

蟬　拉長了嗓音
匆匆
叫醒鞦韆
叫醒院子
叫醒午後
叫醒長長夏日
高調　唱生命樂章

【月】

月　行腳於時間
輕輕
滑過千江
滑過樓窗
滑過深院
滑過唐詩宋詞
小聲　說陰晴圓缺

空枝

撲向雲　撲向風
撲向　讓鳥聲也顯得空濛的
十二月午後的藍天

昨夜寄宿的候鳥
已飛過對面的山巔
我還站在這裡
讓西風凋零我的葉

漏過的豈只是歲月？
雷火之外
斧頭之外
年輪繼續圈著春秋
我　卻只在天空
書幾筆狂草的心事

我也是經書裡的一個偈
示現在季節裡
洩漏的豈只是幾句蟬鳴

輪迴中　我曾是海棠
曾是桃花　曾是院牆邊
斜掛著殘月的梧桐

我未曾再瞧見
風中，裊裊站起的炊煙
西風裡
我已無葉可　落

糾禪不清

1

啄木鳥　把
貓頭鷹的叫聲
啄瞎了

2

門階上
足印已托缽而去
千年外
猶有叩門聲響起

月下　誰是來客
風中
誰是主人

3

一棒子敲在月亮上
兩片雪花斜斜飛過禪房

三個小光頭開窗查看
四下無人，卻有
六七個足印漸遠漸去
八成是老和尚
酒癮發了

泡沫的聯想

【端午列車】

午後雷雨，你的笛音
是雷雨聲中最高亢的軌跡
滑過我端午的車窗前

我正在窗內想著
有關詩人　有關水　有關
把疑問沉入江底　是否
還會隨著泡沫浮起的
一些問題

【鳥聲裝瓶】

一溪的鳥聲
正好用來嵌入午後的心情
剩下的就裝瓶投入歲月
任其漂流　如我

且許一個
再次的不期而遇
再一次的雲淡風清

【拍岸】

妳從淺浪裡撈起一捧魚語
放游在妳淺淺的掌紋裡
我卻聽到五十年後

響在你耳際
浪濤拍岸的聲音

明鏡

【似水】

三道時間的皺褶
讓我額頭發涼，它卻
波瀾不興

【照見】

我的雙鬢
未經霜雪，便已
蒼涼如崖邊的
秋芒

【擦拭】

乾脆摔成碎片
讓它們繼續喋喋不休
在禪裡禪外爭辯

燈火未曾不闌珊

【暮色中】

夕陽喚醒燈火
一隊駝鈴緩步在邊境

月亮落款在雁影划過的江面時
我已在岸邊站成一株水草
讀著炊煙書寫的心事

【今晚的月】

窗內的夢正濃時
妳已巡過整城屋頂
我是未歸的異鄉人
用盛著半瓶高粱的眼眸
尾隨妳

靜觀

【隔窗】

你用眼睛讀窗外風景
用淡然　翻譯來去的腳步聲

若心如明鏡
我將照見自己的滿臉驚恐

【懸念】

藍天無白雲駐足之處
樹葉終將追隨自己的影

葉落，是為了讓你
把詩句掛上枝頭

【凝碎】

凡揚起的必將墜落

凝成琉璃是為了折射　諸色
而後碎成一地　非空

夢幻泡影

【夢】

像是……
一張張久違的明信片
從前世被寄回來
未及細看又被寄了出去

【幻】

鏡中幾聲輕笑
穿越數世而去，又折返
在回眸處化為翩翩的
蝶

【泡】

因為空性自在　所以
升起，成探問涅槃寂靜的
問號

【影】

無聲的腳步聲，遊走於
寫實與印象派之間的一縷
魂
天涯相隨

聽濤隨想

【濤唸】

海的情話
碎碎地　輕輕重重地
寫　在岸的胸膛上

【來回】

閉眼聽濤
一個好大的虛空
忽地罩了下來
睜眼　卻見滿江漁火

【隨流】

其實礁石並非旁觀者
它為泡沫立碑
而雕像也非靜默
只是把吶喊留在歷史

蛹

下次脫出
也不知是蛾還是鳥
妳以欲飛的姿勢
停滯於春之外　回望的眼神
如昨夜最後熄滅的星

一滴淚　不知是該歸於雪
還是歸於雲
而　紅顏
多半是歸於紅塵

讀偈

魚　游向明日的江河
今日的鏡子
留不住昨日的容顏

一張綠葉能接送幾顆圓露
幾聲雷響
可以驚醒沉睡的幽谷

金剛經五千幾百個字
填不飽我的腹鳴
窗外　我拎著鞋聲
往八方故鄉而去

煮一壺茶
能融掉多少雪

一壺茶能融掉多少雪
鑿碎多少冰才能雕成
一身冷骨

季閒

候雪

開窗凝視已然不遠的
一月
有我渴望，且未曾下過的
一場雪，同樣白的
是飄搖在北風中的鬢角
飄搖如今年秋末那片優雅的
蘆花

據說
冰裂紋與夕陽都具有
自殺與自戀的傾向
但我只想知道
煮一壺茶能融掉多少雪
鑿碎多少冰才能雕成
一身冷骨

獨享低溫

今夜思緒
似紛飛亂落的枯葉
半白的髮曝曬在孤燈下
猶疑著
故人不來　我
該泡茶　還是溫一杯酒？

畢竟溫度是低了點
雖然離雪甚遠　但
寒意還是會從寂寞處逼來

巷口有吉他聲
從窗外飄過的音符　像風中
疾走而去的腳步聲　背影
是幾筆淡墨

廢墟之影

烽煙與炊煙豈止是一字之差
裊裊站起的姿態
應非只為撩撥上帝與狼的眼睛，而
我已經看到灰燼冷然的笑意

一生能放幾次火？
燒一把日子，溫一壺酒與歷史共飲
再從墳裡醉醒，躺著
看　諸星與螢火的奔忙
傾聽近而復遠的嗩吶　和火的
熄滅

把意象連結到腐朽　香菇
會仰起頭來
像詩裡又黑又亮的句子，單腳
站立在隱晦上，挑釁春風與野火

雨聲正兼程趕來

烏雲與鏡子激辯雙鬢的顏色後
逐漸失溫，雨也接近眼角了
桃花與玫瑰都渴望著裸退
誰能透徹，隔著虛無與愛情對望
端詳驚蟄與裂痕的關係

習詩

我們終將，以奔向歷史的速度
遠離青春年少，如果我能　我將
把所剩無幾的歲月
拌著風霜咀嚼成半首詩
用最後一口氣
吐出未完成的句子

隔著生死回望時，應該會發現
前半首是詩的殘稿

有些人修修改改
有些人寫滿註記
有些人旁徵博引
有些人平鋪直敘
有些人漫無章法
有些人對仗工整
有些人長篇大論
有些人寥寥幾行
有些人孤芳自賞

有的人早已淡忘
有的人撕成碎片
有的人閒置案頭
有的人拿去折飛機
有的人拿去擦眼淚

我的前半段啊！
字跡潦草
有些字句已是難以辨認

花想·季節
(賞一幅女畫家的淡彩菊花有感)

妳用線條勾勒
我的綻放　時間用皺褶
勾勒妳的前額與手背
並以蟬聲　落葉　和滿山風雪
勾勒季節

在妳的畫裡
我將不會凋落　只是
時間將把我的淡彩
褪成色不異空的註解

畫紙之外
季節將在妳生命中
綻放與凋落　如
妳的容顏　與
輪迴

回身啄影

哪裡能再尋一把
願彈奏整夜月色的吉他
何時能再聽到
有人呼我　在千行雨絲之外

翻找當年寫過的詩
都還帶著新鮮的泥味
拿來泡茶是澀了些
配酒又太淡
妳　在詩裡是黃昏中的淡影

如果我們能再坐下
一同坐在那曾經
多少次午後夢醒的榕樹下
我絕不再忘記
把我倆的名字刻在大青石上

玉蘭花分鏡表

日子零落
如車窗外一串玉蘭花
停紅燈時　他
眼光總閃躲阿婆佝僂的身影
如今已不再衝動從口袋
掏出一把良心的零頭

同學之妻等在右轉第三家窗口
風已先行闖入，挑逗半透明窗帘
微微抖動的還有，她
接過他第一串玉蘭花時的手
每次她把同學遺照反過來時
妻，準備晚餐的爐火
正要在三條街外猛烈燃燒

沿著日子前行
紅綠燈高聳在每個街口
從公事包走出來時
家裡已塞滿黃昏
他不再把玉蘭花放入妻的胸口
晚餐　洗碗　八點檔過後
還有公事要辦

夕落蒼茫

立於水岸
尚未冷卻的黃昏中
我把自己站成一株蘆葦
在風裡擺盪成夕落中的
蒼茫

立於蒼茫　而蒼茫卻似
我中年早白的髮
靜下來　仍可聽見鼕鼕鼓聲
擊響自血的源頭

凝視不遠的前方　落日
絕望如　即將殉葬的少女
緩緩地
走向一座沒有回聲的塚

走入水色

有水聲，隱約在潮間帶之外
卻清冷
如我四十歲以後的血

水色蒼茫如鬢
而封存在夢裡的江湖
卻已乾涸如額頭上的皺摺

我們已經學會若無其事
把情緒隱藏
如一截　岸邊的枯木
但心跳不曾停止應和
拍岸的潮聲

現在　我常在街角
哼起老情歌
卻讓每一次邂逅　都簡單成
擦肩而過

走入水色 ………
掛起一張待補的網
等夕陽墜落

任海風撩撥 ……
想一些　當時年少
輕狂的事蹟

走入水色 ………
聽夕陽低聲哼唱
江湖輓歌

走過小巷

走過小巷　與風同行
在繁華之外　走入妳的眼睛

腳步的回聲　是我的心跳
心跳之外還有落葉　通常
落葉沉埋的是　倉皇的昨日
而今日　恰似那扇半開的窗
妳則似那株靜靜
守候在窗台上的盆栽

守候是最苦　也是最美的事
例如那些已然斑駁的木門　和
門上的對聯　尤其是那些
等了多年的信箱

我走過小巷　那是在多年前
夕陽下　我看見妳淺淺的一笑　和
被風拂動的盆栽

我就只是輕輕地走過
和風一樣

凋落的詩句

打開一本詩集，翻到
詩人最寂寞那一篇
他的腳步聲正往留白邊角
拖了過去
只留下長長短短的詩句

這裡或許才有過一陣雷一場雨
也或許有一齣驚人的愛戀
像書案邊那只空花瓶
狂戀著四季
但一切都已經寂然
寂然如那些被打印出來的字
甚至還不能稱為是筆跡

高亢的語調被刻意排除
許多是比打招呼更濃縮的詞語
欲言又止，一如開在院牆後的桃花
我尋詩的目光未及叩門，就
兀自盛開
又謝了

故人

【夜飲】

揮別前　我們曾請桌下
東倒西歪的空酒瓶為證
相約三十年後
在江湖最遠處用窖藏的友情當酒
再以殘餘的風花雪月為小菜
醉他個七天七夜

如果那時頭髮都已經白了
就用當年的夜色染黑
當年我們還年少
曾以為離歌　就是最苦的調

今夜　一如昨夜
我以冷漠
冰敷被歲月割裂的傷口
獨飲寂寞，讓月色
醉得東倒西歪

【應約】

嘆息　是歲月的腳步聲
聽聲音就知道越走越沉重
而日子褪色地好快
並非幾根白髮所能形容

喝下整瓶高粱
能醉回到多年輕的年代
頂多是嗆出幾滴眼淚
潤濕一首老情歌
可還記得那年飄著細雨的午夜
我們向每一個落單的女子
吹口哨

日子褪成全白之後的
每個黃昏
我將會在公園的長椅上
等你應約而來的
枴杖聲

流水殘篇

你可曾站在岸邊
端詳流水中逐漸老去的
你

更老的倒影是拱橋
橋上有一朵等不到雨的小花傘
漂過的落葉應該會說：流浪也不錯
只是…
離鳥聲遠了些

也有一些耳語留在岩石間
洗衣婦和蘆葦都聽到了
這裡沒有千帆駛過
倒是流走我兒時的 100 艘紙船

水牛都不知哪裡去了
但　落日還在　孤墳還在
釣客準時收起釣竿走進夕陽裡
晚霧中凌波而來的俠少
說著我幾乎遺忘的童語

整個下午，只有
遠來的風與我同行
鐘聲響起時　一隻青蛙
剛好躍起

旅路

【相逢】

君自故鄉來
帶著和我一樣的風霜
隔著月台揮揮手，聽不到
你的鄉音

拿出紙筆　卻只畫出兩列
交馳而去的火車

【歸去】

串連散落在異地的夢
剛好畫出一條回家的路
最怕有人問
客　從何處來

抖著五十肩的手　指向
土地廟邊　還留著一盞燈的
樓窗

【路上】

走著走著
偶一回首就發現身影
被拉成一條低沉的老歌　而
腳步再怎麼輕
也會踩痛歲月的尾巴
經常是　手指才在晨霧裡摸索
內心已經被落日灼傷

【鄉愁】

落下幾片葉子吵醒午夢後　才驚覺
日子過得恍如水裡的倒影
一抹夕陽
燒紅了浪蕩的江湖
濁酒吞下肚之後故鄉又遠又近
而我的鄉音
卻已被一路風雨聲稀釋了

當時夜色濃

1

總有幾隻候鳥會先我而至
先是一窗燈火亮起　回應那
略帶蒼涼的鳥音
接著　整條街　整個小城
都燃起了人間燈火
如果一個日夜算是一個輪迴
我浪跡在晨昏中的身影
是穿梭在輪迴間的
遊魂

暮色燃盡之後　夜
會在前方的旅店等我
月亮巡視整城屋頂
星子們總愛輕聲談論　昨夜
樓窗內的夢

每個旅店都會有貓在屋頂
把瓦片當成青石板路

2

我知道很難
很難走進一張褪色的明信片
尋回滄桑在黃昏中的廟口
去探訪我年輕的足跡　是否
還烙印在某個小麵攤的
長板凳下

那時　我愛把整日風霜
伴米酒吞下
小菜是一碟滷味　和老闆招待的
南腔北調

今夜
我投宿在自己的孤獨裡
對街一排樓窗隔著冬雨　明滅著
我讀不懂的暗語
窗台邊一隻壁虎安靜地
看著我沖一杯咖啡　把夜色
攪濃

路過

蕭聲路過
整條小巷開始嗚咽
舊藤搖椅已不再晃動
夕陽疏懶地照著
由紅變白的春聯
斑駁銅環依然
堅守家門
巷口，外傭推著年老的鄉愁
影子越走越長

蕭聲路過
三合院迴音以對
空板凳依然仰視星斗
阿公一百遍的牛郎織女故事
已跟著背包到城裡討生活
冷灶，老煙囪
田蛙疏疏落落
一盤花生兩杯紅露酒
微醺的離愁
被月光越照越涼

遊魂

失去腳步聲之後
在街燈下竟站不成一條影子
現在　我只是一縷看不見的黑
以餘爐的溫度
冷　在你們的骨子裡

從夜霧中飄來　在雞鳴聲裡隱去
我的名　已從故事中被抖落
被月光滌成透明
與前世擦肩而過後　繼續漂泊

總是瞧見似曾相識的夢
盤據在你們的窗前　而
窗帘依然悸動　如當時----
妳最後一聲喚我

我的愛人啊　請妳收拾
我們的未盡事宜　寄給我的來世
因為現在　我
只是一縷沒有住址的　黑

隔着歲月

往事就像風雪中
輕輕敲響門環的故人
隔著歲月
當日的茶韻猶在喉頭微甘

未及說完的故事
且讓它們留在星座中閃亮
把仲夏夜的夢
也封存在最後一聲蟬鳴裡
隔著歲月
有些戀情像是夾在詩集的枯葉

如今，年輪已圈紋我們的半生
似曾相識的鳥聲滑過半白的鬢角
和你一齊走過的季節
像是那串掛在簷下的風鈴
隔著歲月
還在風的那頭輕輕響起

葬禮

他走進去的，絕非是一口井
至於時間，比他的眼神還空無
但無疑地我們會認為是漆黑一片
上下四方都是回聲

弔唁者像是電影片尾浮現的字幕
以各種字體出現，有不同粗細
只要不是冷僻字他都喜歡
....
.............The　End............

家人站成了山頭的芒草
天很高，影子搖擺出各種姿勢
有時交疊有時單株
今天他們同樣柔軟同時荒白

就剩一張相片在風中微笑
笑聲被路過的鳥叼走了幾句
微翹的嘴角沒勾住昨日
酒窩裡卻蹲著一個謎題

夜行話題

走在夜的長街
最好把衣領拉高　秋色已涼
轟然的寂靜
從霓虹燈停止爭吵後響起
一隻流浪狗　朝我的腳步聲
咕噥了幾句

漠然對望的鐵窗有些還醒著
整條街冷清如
我中年　易被風雨驚醒的夢，如
我斑白的鬢角

秋色已涼，走在夜的長街
最好把衣領拉高

我泊在輕煙之間　讀妳

濛濛的臉

妳望我的眼神
如江上的輕煙
我泊在輕煙之間，讀妳
濛濛的臉

季閒

邂逅

妳似一樹寂寞的桃花
綻放　在舟來舟往的江邊

我拾起江面上的落花
妳望我的眼神，如江上的輕煙
我泊在輕煙之間，讀妳濛濛的臉
妳那淡淡的笑顏，是我心醉的詩篇
我在船頭吟哦
船在夕照的江面

如果
妳以婉約的歌　饗我心中的弦
我將棄舟　在妳佇立的江邊
否則　我會拾起最後一朵
飄落的桃花
伴妳的輕語泡酒
溫在胸前
之後隨流而去
不再留連

妳的眼神如輕煙
淡淡的笑顏是我夢裡的甜
恰似晚霞　燃燒
在浪子心口
在天邊

紅顏

比千年流浪更莊嚴的
是數劫輪迴的前世今生
妳說過
落花屬於泥土
紅顏乃歸於紅塵

今年第一聲雷才響
初萌的小花便已開始流浪
千年前我輕敲妳家門扉時
妳底心
也開始流浪

而今
我的髮又開始斑白
白如那年的初雪
那年　以及往後千年
都曾夢見
妳家門扉後的桃花
落
落

戲夢

昨夜妳把春天種在高地
隆起的夜色輕撫著花朵
我們讀著花的開落
春的斷句，在三月散了緋紅

妳說春夜不應久眠
我遂揚起牧鞭
驅趕千萬頭白色小羊，奔向
芒花搖曳的隘口
一首詩的最隱晦處

妳把羊數累了，牠們
在草原上躺成白色小河
我們裸身游進時間，游進深不可測的大海
深藍裡有扭動的海草，開合的貝殼
海馬馱著月光潛入安靜的海溝
我們恣意沉下再浮起，彼此碰撞
擠壓，像浮冰般溶化

盼

若是日子可以翻閱
像白髮人翻開的老相簿

我的手指將停滯在妳離去那日
妳車行的方向是相片外的留白
是我眼睛裡的天涯

沒有離人
就不會有泫然欲泣的月色
月色總以她的霜白
妝點離人的小茶館
小茶館依然青春
望向天涯的窗卻已年老
獨坐在角落的背影啊！
天天盼著

盼著妳帶回天邊的風雪
煮開風雪
泡一杯桂花香片

窗邊

有人從我午夢的窗邊走過
醒來，已不復記憶他口哨的曲調
而那只甕，依舊靜默立於窗前
宛如一個情婦

昨夜
被斜雨敲醒的滿腹心事
已從甕口蒸發，有落葉
輕響　如遠去的
腳步聲

塵念

立於薄暮中，我乃如
廟前之獸，默觀燈火闌珊

幽微處有人輕歌，低訴
如三月飄雨，我心未起漣漪
卻也沾濕如三月之詩

斜陽終於墜成一劃驚嘆號
我明白，炊煙之昇
不足以聚成夜色，但也
瀟灑，像極了年輕時
想私奔之念頭，而現在
衝動又起，欲醉成初戀時之酩酊
但酒卻已淡薄
淡薄如妳嘴角邊淺淺的
笑意

三月清冷

才一首老歌就把時間倒流
才半杯薄酒就讓每一個骨節
響起三月的驚雷

是誰？　把杜鵑花畫在
油紙傘上，於是
蝴蝶就尾隨妳
回到閣樓裡的夢中

詩，把清明的雨寫成淒迷的霧
我曾經隔霧看過一朵綻放的容顏
懸在掛滿輕愁的窗邊

才一首老歌就讓眼眸，潤著
三月的雨
才半杯酒，三月的心就扭動如
雲門舞集裡那條狂舞的青蛇

荷的渲染

漸漸暈開的夏天
念頭波紋般襲來　又
沉寂

妳　張開欲語還休的期待

我　一株已然挺舉的欲想
與曖昧的水色有染

雨聲　正從濕與不濕之間
緩緩進逼

似曾相識

背向黃昏，她的長髮
在西風中飄散成
一封久未展讀的信

我小聲念出一個名字
以落葉的

輕

午後的賞味

（前座一女子，優雅與咖啡對坐）

慢嚼一個午後，在街角咖啡館

一杯咖啡
可以用來攪拌時間
也可呆呆地與之對坐，假裝不寂寞
糖之外　奶精之外　有我萃取的
濃黑香醇且略帶苦味的詩意

午後的咖啡宜再放幾瓣音符調味
一曲泛黃的老情歌
將一段戀情　從流逝的歲月中提鮮
當多年前的雙人舞步
從咖啡杯中輕擺而出時
我用微醺蒸餾
午後 3 點到 5 點的時間

最後，再灑一窗夕陽來配色
混搭成舌尖留香的古早味
在街燈召來黑夜之前
我的，一個午後
就如此這般地　眼耳鼻舌身意

四月

【桐花落盡】

化為春泥之後
應該還留有一些蒼白
在腳步聲之外
在四月卸妝之後的午後
在妳有些凌亂的髮髻

【春晚微雨】

細雨如霧
霧中走來一把小花傘
於是整條街的窗子都醒了過來
砰然心動如輕搖不止的窗簾

杜鵑遠遠地在三月裡
寄來一束回聲和幾許涼意

煙波行腳

脚步聲屬於街道
最好是一條石板小街
兩旁有著高高矮矮的樓窗

走著走著　走上了小拱橋
橋是屬於小河的
兩岸有低頭喝水的蘆葦
有姑娘擣衣的石頭
擣著擣著就擣下一枚
落
日

落日　是屬於眼睛
眼睛躲在窗後
望向晚雲與炊煙交會處

弦弦悸動

讀李商隱〈錦瑟〉

這一弦弦的悸動，牽引
春花以飄落的舞姿　遙祭冬雪
而雪遂回報以　翩翩
一隻隻白色的蝶

聽說
輪迴七世的愛情
才能修成正果，於是
已然聲啞的杜鵑
遂以血代淚　還原寸寸
燃燒成灰的相思

別問我　一段愛情能多長
只知道　此端是追憶
那端是惘然

春晚更醉蝶

妳從傳說中飛來，為我們證明
愛情堅固如夕陽下的墓碑
季節過後，你又將遁入輪迴
返回故事的起點，再以夢的速度
撲向明年的我

是否曾有過一次　妳呼喚我……
以略帶南方鼻音的聲調，而我
只簡單回應你以……
繁華落盡時的靜默，當時
也是暮春三月

滅

某次甦醒之後
乃驚覺遠方蒼白如鏡中的臉
在磨盡之前掌紋已斑剝掉落
只殘留一些紋身時的快感

我寧可是江邊娉婷在黃昏中的蘆葦
也不想站成廣場上的雕像

於是妳飄下　如琵琶聲中的雨滴
雨滴下的漣漪　漣漪中的荷株
荷株上喧嘩的顏色

留白之前

1

有時候我們翻翻找找
才發現過去的日子
竟是屬於畫中的留白
有時只因風中斷續的老歌
所有的片段
又都從殘磚舊瓦間跳了出來

日子是搖晃的
未經火便已化成煙
黃昏在門前走過一千回
我還是那個立在牆角提燈的人
猶來不及回答
明年　桃花開不開
敲門的人就已經走遠

2

不久　我們都會
在時光的火焰中燒成灰燼
而妳　將在最後一道光閃中

飛起　如霞霧中之蝶
在暮色的芒草堆上

不久　回憶會遙遠
如隔山的風聲　我將靜立
遙望山頂老松輕搖著枯枝　而後
會有迴響如鐘
來自五十年前　來自今天那抹
嫣然燦起的笑容……一隻
霞光中飛起的
蝶

3
在鐘聲響起之前
我已經清醒如天邊的殘星
妳原該是了無牽掛
卻讓妳瞥見　我
隱約站在在塵霧之外　於是
妳抹上紅紅底胭脂
化成一輪最美最豔的夕陽
墜落
在我的路前

湖上花祭（上）

我特意為妳快遞一湖
今年最寂寥的秋色，是否
每一首情歌的尾韻
都隱約有花落時的顏色
迴聲在我眼眸中迴盪

驚蟄後的第二個滿月夜
湖以千盞岸邊燈火迎她們
她們披著夜霧的面紗
扮起凌波而來的仙子
驚落西岸最後一絲柳絮

她們也是每場夏雨過後
湖上最辛辣的鼓聲
縈縈　縈縈
在每一個尋詩書生的心裡響起
而　眾說紛紜的蟬聲
已先為每一場邂逅
吟唱著序曲

其實不必寫，在整個夏季
她們就是滿湖
啜飲過晨露的禪詩，妳
在畫舫中隔窗吟哦空與色之間
激盪不已的輪迴，而我卻一直都
研磨不出可以用來描摹她們
的墨色

湖上花祭(下)

水，從六月綿延過八月
一脈煙雨中的
每座橋影，都在水面漂泛著唐詩
每個從橋上走過的女子
都是絕句

我卻愛在橋上，看著她們
在雨中，在微風中吟唱
於是 "在水一方" 與 "窈窕"
有了清晰的詮釋與聯結
月光下的八月
她們是湖上最喧鬧的華燈

九月，西風搖下的落葉
舖成旅人的腳步聲
妳
隔窗讀她們，那一朵朵淒婉的宋詞
一朵朵粉紅將墜的夕陽
美人遲暮的顏容

蟬聲寂滅的十月，彷彿
從遙遠的江南
從她們夢中的故鄉，有採蓮謠傳來
水面
花容已凋
綠葉們卻還在黃昏中堅持
一如那些
在風中飄蕩的老歌

蓮的獨白

【初醒】

醒來已是蓮
在微風裡輕搖　在晨露中凝艷
三千弱水中
我是你尋覓已久的容顏

【臨風】

油桐花即將落盡的五月
綻放與旋落　都是一種無聲之美
風從南方吹來　我在風中
等你帶來一季的煙雨

【午寐】

蟬聲會從夏季傳來
我總在蟬聲唧唧的午後
以一千種姿態搖曳
那是一千句　只說與你聽的獨白

【黃昏】

我最喜歡看你　站在岸邊的剪影
落日在你背後　圈成
一朵綻放在天邊的蓮
蓮在你前面　蓮在你後邊

【望月】

這時，總有一管笛
從你斜倚的橋欄響起
滿月時笛聲和悅　弦月時略帶淒涼
群蛙似是解律　輕點水面
泛起圈圈漣漪
月下有蓮　月下有你

荷塘雨落

滿池荷喧與蟬鳴中
風中的落葉
有如一段路過的笛聲

六月才開始
花傘們已經開始鼓譟
如驚蟄後的小青蛇
這裡不是西湖，雨還是經常來
總是挑起千迴漣漪後
就走

雨停之後
黃昏就更加蒼茫了
妳說，夕陽是最經典的殘句
譬若未能成婚的戀情

寂靜初秋

輕風微晃已成詩，被荷葉
大聲吟誦
我在詩句裡讀妳桃紅的臉

妳說，不管風從哪一個方向吹來
在秋天的心中都是西風
西風有小小的憂鬱
在一首古老的童謠裡輕輕地搖

我說，色與空的辯證
也是萬劫以來映照在時間上的難題
我曾經是佇立在岸邊的芒花嗎？
妳曾經是飄落一方繡花手絹的女子嗎？

煮雪烹菊

妳來時，我會先把雪水煮開
小火爐已經在我心中滾燙了好幾回
取出夾在詩集裡那幾瓣泛黃的菊花
是妳在秋陽高照時親手取下的

等一下妳會經過我捧雪的梅花旁
足跡沿著風聲　一點　一點　踩過來
門環迫不急待地想被輕扣

當妳入座，我
會將那幾瓣菊花投入煮沸的雪水中
一陣子浮沉後，盛一杯茶
給妳

待閱

如一片雪翩然飄下，靜靜
在路邊等待融化
此刻妳是我眼中的最白
不禁讓我想起四月的家鄉
樹下，那一片楚楚可憐的油桐花

妳用一種等待的暗喻呼喚我
就像書架上等著被翻閱的書
但，妳似乎比書還焦急
更像等著被輕輕念出的
一句標題

夜霧

妳，舉起妳的念頭
在長日將盡時，思索著
燃燒與灰燼的關係
有鳥聲在妳的谷外盤旋

妳，張開自己
等幾顆夜露
而我是霧，躡手躡腳
悄悄　悄悄　將妳圍住
讓夜色更加濕潤

詩的工具

工具一：讓曲線更清楚的薄紗

因為模糊與曖昧是必須的
宛如一場戀愛與保險單
把完美浸泡在想像的福馬林
把詩放飛在復活節的夜霧裡

工具二：不理性的手術刀

先閹割邏輯
再刺青一切可能的熟悉
切下詩的舌尖
讓語意在耳蝸理撞壁

工具三：沒有懼高症的長梯

有人把眼睛吊在屋頂上，蔑視
匍匐在地上的身影
但我只想一格格爬自己的肋骨
在額頭撞一口荒老的鐘

工具四：可以挖掘寂寞十字鎬

讓井吞下星斗和蛙鳴
月亮留下涼意
女鬼用井繩盪鞦韆
鎬　在井邊杵成十字架

坐看雲起時

（悼念詩人周夢蝶）

坐著　坐著
竟又坐回起初那顆頑石
山　與我冷冷對望

風雨飄過　雲未曾遠離
雲中一閃又已千年
雷　豈只在驚蟄時才嘹亮
念頭　又豈只在禪裡扭動

坐忘雲起
誰？　在雲中撩撥第一響水聲

山在雲中　隱約
如詩的尾韻
如禪之千言而無一語
我眼裡有山　山邊有雲飄過
千江乃因此有雲
千江留不住雲的樣子

坐著　坐著
我坐回江邊的頑石
山是江的常住
水冷冷地流過

我在水邊　坐忘雲起

訪詩

我　坐在速食店的落地窗邊
攤開一本詩集
讓窗外熙熙攘攘的鞋　與它
擦身而過
北風在窗外吹起
雪只落在詩集裡

初訪詩人未遇　只在詩中遇見
他豎起衣領的心情
詩中的笛聲在速食店的吵雜中
有點語焉不詳
或許它正趕往另一首詩的院落

有人提一袋速食餐盒　疾步
走回十二月的街
詩裡的小火爐正煮著雪
躡足而來的冬陽落入咖啡杯後
黃昏從詩中走了出來

有候鳥站在對街電線桿上　看我
我卻瞧見詩人
提著鳥籠　蹲在最後一頁
在雪地上對我寫下

別來無恙

評分秋色

聽見了嗎？　蟬的尾韻才寂
滿山楓葉就吵得面紅耳赤
誰是秋的原色？
一陣西風過後，落得滿地羞愧

西風入窗，拂過牆上那幅潑墨
半隱在芒花堆裡的瘦馬紋風不動
卻瞧見窗外
烏鴉把夕陽叫了下來

夕陽把天空燒成灰燼
祖孫們在庭院中取出月餅
小女孩的蛋黃酥烤得焦黃
阿公的綠豆椪掉了一地
白

秋天的月色可是更為亮白
轉朱閣　低綺戶　瞧見了些甚麼？
一壺茶浮沉多少心事，窗外
有雨聲為旅人塗抹清涼色

你問，清涼是什麼色
其實，那是一顆秋天裡易感的心
詩人們出入風景　沾染了
季節的顏色

詩落的邊界

1

向妳借一把多色的月光
塗抹在季節的窗櫺
拾起凋落的花瓣，攀爬
她的學名
站在鷹的眉尖垂釣抹香鯨
用上弦月＋綠繡眼的線

2

從雲端跳下一隻豹，踱步
在海市蜃樓的瓦上檢閱魚的眼睛
燈塔舉火把星斗逼退之後
岸也把浪拍成泡沫
這些傳說一半被裝進沙漏
另一半是漂流瓶的口述，被寄居蟹
剽竊成心得

3
用山脈的皺褶梳理傳說
滑落的夕陽被草莽萃取成夜色
紡織娘裁剪成斗篷，掛在
黑森林的最黑處
等待啄木鳥把月光雕成掃帚

現代・詩

【現代】

三太子出國走秀
舞台即野台，音響
要能把耳朵灌爆
舞步（如果有的話）且參照
極簡風格
只須用力踩踩腳，踩熄
火鳥的燃燒，再
扭扭臀部
抖落幾粒家鄉的
土

芒果

【詩】

討論一下
幾寸厚的鄉土能蓋一間

通往西天的驛站，讓我們
拜別風砂一路行去

肯定要比九彎十八拐
多上幾拐，請自備暈車藥
再立上幾根
國王的新路標，指引
鮮手傷鹿
於是迷路的小鹿亂亂
撞上手捧詩集的三太子
正要

混墨登場

江湖

【夕落】

他看見，青山在浮雲外看著他
一輪落日的紅湧進他的眼睛
他，緩緩闔上眼皮
一抹雁影從他嘴角的笑意中
優雅地飛出

終於，他用餘生的留白
以鮮血落款
讓身體躺臥在大地的姿勢，完成
一生唯一的畫作，畫意
就留給兀鷹和黃沙去琢磨

【秋水伊人】

她看見，自己泅在一泓秋水裡
那是他清澈的眼睛映照著她的身影
他　就這麼岳峙山停地

定格在前方　而
她是憤怒洶湧的雲
從風　佈雨　攜雷電
那是她的劍式

每一座山都等著屬於它的雲
沒有一座山反擊過閃電
她的第一擊如電光石火

她的劍滴著落日餘暉
雨，下在山中漲成一泓秋意

故事

她，總在雨夜的隧道口
隨風而現，攔車

「載我去火車站好嗎？」

才過隧道卻突然
消失，如驟停的雨

我的老叔終究沒在車站等到她
隨他私奔的只有一提皮箱，和
三十年的想念

自從醉漢的車
把她撞進鄉野怪談中
每當風雨夜，她都想趕去赴約
這是一個不美麗的錯誤
甚至上不得
聊齋

浮不上來的問號 藏頭詩
（端午有感）

故人與故事都不應再於五月　重新粉墨登場
園樓應已頹敗　如當時，你眼中的家國
千萬條線索交織成百句天問
里巷中才聞你的開門聲
遠方卻就傳來敲鑼打盆和　悲號

水之低溫還不及你心頭之涼
亭邊古松背負著秋霜冬雪，那…所謂風節的壓力
煙霧朦朧中，看起來也有點脊椎側彎　當
榭影漫過你與水草糾結的長髮時，你可曾再仰頭？

從此憂恨沉消的速度，竟然比下沉的身軀還快
來時路　曲折如眼前水草　而彼岸的距離
難以用魚龍迴避之角度換算，你是否常
忘了你已是一縷濕淋淋的　魂

何時能再瞻仰到，比筆桿還硬的詩骨？
忍耐是個人的修養　而天地家國的事　又豈是
長嘆幾聲就能草草了事　詩人們啊！
別等閒了手中那管筆

花下影 藏頭詩

客來尋芳　秋風初起　花飛
散落於小徑　門掩黃昏時花間一壺
酒冷多時　黃粱夢卻難成
醒時月正黯
深深院落　樓台高處燈搖晃
夜藏濃霧
後

更漏又移　蟲鳴唧唧　起身
持午間剩酒再遊花徑　落花已成泥
紅塵路長　尚未望盡天涯
燭淚滴成串
賞遊人間　最是蒼茫雨過後
殘露半凝
花

「客散酒醒深夜後　更持紅燭賞殘花」
　　　出自　＜花下醉＞　李商隱）

鏡子裡一根瘦瘦的釣竿

藏頭詩

鏡裡的潮聲比寂寞更喧囂，這絕非
子虛烏有的杜撰，鏡面的黑潮是童話的捲髮
裡外都是幾近透明的魚，而　瘦瘦的釣竿有
一種跨越等待與渴望的弧度，或是說
根本就是一種奇怪的入禪姿勢，且
瘦得像星空細微的暗語
瘦得像詩人的那一束悲傷，一條無法言詮
的詩尾巴
釣向鏡外的虛無
竿身的塗裝是最沉的夢最濁的塵　謎樣的黑

魚是透明的，迴游
在鏡子裡的捲髮與額頭的皺紋之間
濤濤黑浪翻滾在鏡子的最邊界
聲紋將會凍結成千劫後的裂痕
中間有一閃非詩非禪的靈感
迴游在唇語與眼神之間
盪向將醒未醒的交界

沙地過客 藏頭詩

孤煙直上之平鋪直敘，與當初昭君出塞
漠地回望漢室的絕望眼神恐是相同
沙粒間可隱約還有琵琶的餘響？傳言中
城外柳總是會對著邊城遊子殷殷作別
過客原本猶如風中的柳絮，在詩句中飄
渡過閨婦黯然三月的窗前，如今我才明瞭
情書也正是寫著陰晴圓缺的　窗前月

散文詩

輕輕逛過

　　與一街空氣摩肩擦踵，我以身無分文的輕，在櫥窗內人形的逼視眼光之間遊走，像被西風飄移的落葉，有秋天的顏色。

　　高樓的窗有倨傲的眼神，高樓的影子佔據我前後的路線，而我有身無分文的輕，面對花言巧語的市招，都視若　色不異空，空如我的口袋。

　　我逛過一街匆忙的腳印，以一枚鎳幣掉落之輕。

夜視

　　一隻候鳥在高壓電線上醒來，擴大的瞳孔住進了整個星空，餘光瞥見一隻貓立在屋脊上緬懷祖先，更下方是一雙傍晚與牠同時到達的鞋，正歪歪斜斜划入昏黃的燈光。

　　每家樓窗都有夢進出，騎樓下，流浪漢的夢縫上了補丁，幾聲巡更的犬吠聲隱入街角，牠警惕地藏好影子避免被噬。畢竟，底下的路是兩頭蛇，一端已經吞掉夕陽，另一頭正在啃遊子的鄉愁。

暮色

　　這河水就如此輕聲地流著，默默盛起夕陽和飄墜的落花，有人沿著河的對岸吹口哨，遠遠一艘擺渡的船逐漸隱入暮色，我從行囊裡取出地圖，卻不經意也掏出一些年份不同的風霜，散落在白若吾髮的菅芒花中，地圖上標記著不遠處有橋，過了橋還是路，有人在橋頭點起一盞燈，燈在蒼茫裡，人在無盡中。

焰遇

　　這火之燃起，無關於畫過夜空的流星，卻讓駱駝驚奔在我聳高的背脊，慾念如罌粟花般綻開，又次第消弭如沙漠流泉。

　　有一些什麼可以投火？發呆的名字、過季的承

諾、愛情的傷痕、漏失的詩句、妳自我陶醉的語
感、我無端的尖銳。

或許，我們其實也是蛾，塵世就是一場火，化作
輕煙前的最後一瞥會是什麼？她嘴角那顆痣、似曾
相識的街角、或是自己驚怖的雙眼。

有時

　　有時，念頭就像埋在土裡的草仔，東一叢西
幾莖雜亂無章地冒出來，一場雨後就鬱鬱菁菁成
一座荒原，兔子、狼、和各種軼聞也跟著長出來。
他們從我們的耳朵探出頭，在我們瞳孔曬影子，站
在鼻翼上吊嗓子，或是在頭皮上來一場月圓轟趴。

　　有時一些小物會被掉落，深埋在一波波的遺
忘下，那些…拆信刀、小鏡子、針線盒、幾張名
片或一疊支票。歲月的海拔越高，遺忘來襲岸也
越勤。退潮時，那些小物沒擱淺在時間的灘岸，
我們柱著鏽蝕的記憶站在白髮上，卻無法用生命
線去垂釣。

那時

那時，從武俠小說借來一把劍，手中的地圖就提早了921，誤練輕狂以為是輕功，在夢裡膨風意氣和豪氣。桃花和桃妖卻都沒斬成，倒是用一把自負的斧頭，在理性的邊陲掘了一口深井，於是天就越遠越扁了。

那時，詩還沒嘯聚成雲，筆也不夠冷，幾滴雨聲啞在三十行斷句裡，雷火閃電都落在錯別字上。總愛對著問號剪自己的影子，塞進窄窄的驚嘆號俯仰天地；那時…在破折號的慫恿下，一夕變聲。

共伴效應

所有的井都異口同聲指證，咳嗽聲是青蛙的，當牠被又圓又扁的月光嗆到時。迴聲以肥皂箱的高度和誤讀的仰角進逼，嗡嗡成鼻塞的麥克風，而四壁只是靜靜地站著。

同時，浪正悄悄引退，當歷史的沙灘裸裎到第三顆鈕扣，拍岸的瘀傷暗沉在凌亂的腳印下，腳印正等著被另一波浪帶走。風帶不走濤聲，千里外井內的咳嗽聲，卻也有鹹味。

卡其服的回訪

　　從記憶郵遞來一件卡其服，那是高中穿了三年的制服，有點皺。我用磨擦過歲月已然起繭的手，從左胸口袋取出太平洋的濤聲，彷彿也看到紅燈塔還…挺立著我十七歲的傲氣。這時，花蓮輪的汽笛聲，也從午後三點半的方位緩緩駛來，驚醒昏昏欲睡的數學課，嗯…五點共面。

　　右胸口袋裡的美崙溪水，不甘寂寞地輕輕吟唱「回憶」這首膾炙名曲，被 3357…這繡在胸前的學號聽見了。而我故意拔掉的第一枚扣子，也調皮地彈跳而來，與其他鈕扣寒暄一陣後，突然冒出一句：「鄉音無改啊！」接著，一隊卡其制服從雷神進行曲中，邁著整齊的步伐走出，啊！那是我引以為傲的花蓮中學樂隊，那麼的樸實無華與眾不同。

　　卡其褲右膝有一個破洞，猶哼著「鄉愁四韻」，那是與花蓮女中同學們單車聯誼到太魯閣，半途跌倒的當下，大家口中正在唱的民歌。就讓我第一次牽她小手的的悸動，繼續藏在卡其褲的暗袋裡吧！我卻無法阻止我的第一首小詩，從褲袋裡「爬」出來。

註：《爬》是我高中時期，學生自辦的文學刊物。

國家圖書館出版品預行編目(CIP)資料

回身啄影/ 季閒作. -- 花蓮市：邱繼賢,
2016.11
面； 公分
ISBN 978-957-43-4088-0(平裝)

851.486   105020546

回身啄影
季之莎叢書02

作　　者：季閒
總 編 輯：季閒
編輯顧問：葉莎、雪赫
美　　編：季閒
校　　稿：王婷
文字編輯：陳靜宜
出　　版：邱繼賢
地　　址：花蓮縣花蓮市林森路 361 巷 2 弄 17 號
電　　話：03-8330-737
手　　機：0935-203-605
E-Mail ：cch9130@yahoo.com.tw
印　　刷：冠勝彩色印刷公司
出版日期：2016 年 11 月 06 日
定　　價：新台幣 250 元